novum pocket

AF146838

Alisa Samvelian

Die Lebensblume

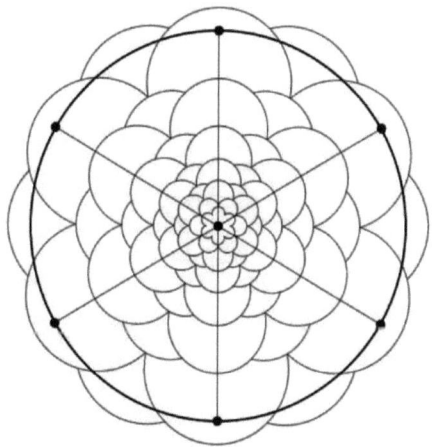

novum pocket

Bibliografische Information
der Deutschen Nationalbibliothek:

Die Deutsche Nationalbibliothek
verzeichnet diese Publikation in der
Deutschen Nationalbibliografie.
Detaillierte bibliografische Daten
sind im Internet über
http://www.d-nb.de abrufbar.

Alle Rechte der Verbreitung, auch
durch Film, Funk und Fernsehen,
fotomechanische Wiedergabe,
Tonträger, elektronische
Datenträger und auszugsweisen
Nachdruck, sind vorbehalten.

Gedruckt in der Europäischen Union
auf umweltfreundlichem, chlor- und
säurefrei gebleichtem Papier.

© 2023 novum Verlag

ISBN 978-3-903468-32-0
Umschlagfoto:
Tr3gi | Dreamstime.com
Umschlaggestaltung: novum Verlag
Layout & Satz: Alisa Samvelian
Innenabbildungen:
siehe Bildunterschriften

Die von der Autorin zur Verfügung
gestellten Abbildungen wurden in
der bestmöglichen Qualität gedruckt.

www.novumverlag.com

Inhalt

Vorwort	6
Gespräche mit mir selbst /Dezember 1999/	7
Das Spiel /September 2000/	13
Die Enttäuschung /Dezember 2011/	15
Auf der Suche nach mir selbst	17
Mein Spiegel /Mai 2013/	18
Ein Unbekannter	22
Ein Freund in mir	24
Die Freiheit	26
Zurück zur Vergangenheit	28
Ein Brief an meine Mutter	30
Die Lebensblume	36
Der magische Kreis	53
Das Puzzleteil	57
Meine zauberhafte Welt	62
Das Rätsel	66
Meine Vision	68
Ein Traum der vergessenen Träume	70
Das Aufwachen	73
Mein Freundeskreis	75
Das Treffen	81
Meine Lebensformel	85
Die Lebensspirale	89
Die Antwort	98
Ein „Ende" ohne Ende	100
Ein neuer Anfang	102
Mein neuer Unbekannter/Juni 2015/	104
Das Geheimnis in uns selbst /Juli 2015/	107

Vorwort

Das Buch ist über die kleineren Erfahrungen unseres Lebens, wie wir denken, wie wir entscheiden und wie wir die Lösungen in unserem Unterbewusstsein finden.
Das ist eine Geschichte vom Verlieren und Wiederfinden, ein Weg zur großen Einheit.
Das ist über unsere Energie, über die wir verfügen, über eine innere Kraft, die uns dabei hilft unsere Ziele zu erreichen.
Unser Leben ist wie eine Blume. Wir sind zusammen stark, wir sind zusammen reich, reich mit unserer Welt und reich mit uns selbst.

Unsere Möglichkeiten haben keine Grenzen, begrenzt sind nur unsere Gedanken.

Wir finden, wir verlieren und lernen wir selbst zu sein.
Wir entscheiden was wir tun möchten und wir entscheiden was wir lassen sollen.
Wir sind die Frucht unserer Gedanken.
Wir sind das, wofür wir uns entschieden haben zu sein.
Es gibt im Leben keine Schwierigkeiten, nur Herausforderungen.
Es gibt keine Fehler, nur Entscheidungen.
Es gibt kein Recht oder Unrecht, nur noch Lösungen.
Unser Morgen ist Heute und die Zukunft ist jetzt.
Wenn wir so leben, wie wir das Leben lieben, dann werden wir das Leben so erleben, wie wir es uns vorstellen.

Dezember 1999

Gespräche mit mir selbst

Regensburg, Heiligabend, 24.12.1999. Ich nutze die Ruhe und die Einsamkeit um meine Gedanken zusammen zu fassen. Nach einem kurzen Spaziergang mit mir selbst habe ich mich mit Energie vollgetankt. Es hat geschneit und war wunderschön. Der Schnee ist wie eine weiche Decke in die man sich vertiefen kann. Es ist klar, kalt und sonnig. Ich fühle mich wie in einem Diamantenfeld das keine Grenzen hat. Die Sonne strahlt auf mich zu und leuchtet in mein Gesicht. Sie streichelt mich mit ihrer Wärme und macht den Tag noch schöner als er ist. Ich spiele im Schnee wie ein kleines Kind und genieße die frische Luft. Meine Gedanken lassen mich nicht in Ruhe und ich versinke in meiner inneren Welt. Ich versuche zu verstehen, ob das Leben ein Genuss, eine Existenz oder eine Pflicht gegenüber Gott ist. Gerade habe ich ein Zitat von Elisabeth Kübel-Ross gelesen.

„Erst wenn alle Arbeit getan ist, wofür wir auf die Erde kommen, dürfen wir unsere Körper ablegen. Es umschließt die Seele wie die Puppe den künftigen, schönen Schmetterling. Und wenn die Zeit reif ist, können wir ihn zurücklassen. Dann werden wir frei von Schmerzen, Angst und allem Kummer frei wie ein freier schöner Schmetterling, und dürfen heimkehren, zu Gott."

Oh, wie schön. Und was machen wir, wenn die Zeit noch nicht reif ist? Wenn die Arbeit noch nicht getan ist? Leben wir um zu leben, oder wollen wir den anderen das Leben verderben? Leben wir um zu arbeiten oder wollen wir unsere kurze Anwesenheit nutzen um etwas Schönes zu erreichen? Leben wir und vegetieren wie die Tiere oder wollen wir aus unserem Leben etwas

Wertvolles machen? Wollen wir auf das Glück warten oder wollen wir unseren Baum selbst pflanzen? Wollen wir unser Kapitän sein oder ist es leichter sich fahren zu lassen? Wollen wir unsere Zieleerreichen oder wollen wir uns gehen lassen? Aber gehen lassen bedeutet sich zu verlieren. Wie kann ich es zulassen, wie kann ich es erlauben? Wo bleibt die Sonne, wo ist das Licht? Wo ist meine innere Stimme? Warum kann ich sie nicht mehr hören? Warum bin ich so verzweifelt? Was mache ich hier so allein und einsam? Auf einem großen Grundstück wo keiner ist, mit dem ich reden kann. Ich liebe die Landschaft und will ein Teil sein, aber ich liebe das Leben und kann nicht allein. Wach auf du Mensch, weck deine Gefühle, weck deinen Verstand und kehre zurück. Du kannst das, du schaffst das, du hast ja keine andere Wahl. Meine Freunde haben mir immer gesagt, Alisa, so wie du denkst und dir das Leben vorstellst, musst du einen

Millionär heiraten. Aber ich war gerade dabei „Einen" zu verlassen. Auf einem 23 Hektar großen Grundstück, am Heiligabend und ich habe mich gefragt, warum bin ich eigentlich hier? Wozu brauche ich das alles, wenn mir das keinen Spaß mehr macht? Nach 7 gemeinsamen glücklichen Jahren haben wir uns auseinandergelebt und hatten uns nichts mehr zu sagen. Es ist Zeit für eine Veränderung, es ist Zeit für einen Neuanfang. Ich habe ein Ticket nach Amerika gekauft und war für eine Weile weg. Als ich zurückkam, hat es sich alles von selbst geregelt. Ich bin endlich aus meinem Schatten gesprungen und war wieder glücklich.

Ich hatte nichts, aber ich hatte mich, mich und meine Gedanken.

„Die Zukunft hat viele Namen: Für die Schwachen ist sie das Unerreichbare, für die Furchtsamen ist sie das Unbekannte, für die Tapferen ist sie die Chance".   *Victor Hugo*

Wenn wir unsere Chance verpassen, verpassen wir oft auch das ganze Leben. Es bleiben uns noch nicht mal Erinnerungen, womit wir weiterleben können. Unsere Seele strebt nach Erfahrungen und die Liebe gibt uns Kraft es zu ermöglichen. Wir müssen es nur zulassen, wir müssen uns nur vertrauen. Nach ein paar Monaten habe ich jemanden kennengelernt und war vom ersten Tag an überzeugt, dass wir zusammengehören. Wir waren vom gleichen Kern und das hat uns zueinander geführt. Ich habe versucht gegen mich zu kämpfen, aber meine Gefühle waren stärker als ich und ich war machtlos gegen ihn.

Das ist das Leben,
wir finden, wir verlieren und wir werden größer.
Wir spielen sein Spiel und lassen mit uns spielen.
Wir spielen mit und setzen unsere Gefühle aufs Spiel.
Wir spielen mit und werden immer stärker.

Wir spielen das Spiel und werden immer reifer.
Wir sind immer offen für die neuen
Überraschungen.
Wir sind hungrig nach neuen Entdeckungen.
Wir haben Durst nach neuen Erfahrungen.
Wir spielen das Spiel und lassen mit uns spielen.
Das ist ein Spiel, das Leben heißt.
Das ist das Leben das uns willkommen heißt.

Zeichnung: Narek Samvelian

September 2000

Das Spiel

"Charakter ist die Fähigkeit, sich selbst im Wege zu stehen, obwohl man ausweichen könnte."

Markus M. Ronner

Das zweite Mal in meinem Leben habe ich das Bedürfnis zu schreiben. Es muss raus, raus, sonst platze ich. Ich spüre meine Energie, ich spüre meine Kraft und meine Gedanken sind grenzenlos. Mein einziger Freund ist der Kugelschreiber, der Kugelschreiber, der meine Gefühle verewigt.

Ich fühle mich so stark, so kräftig.
So stark, dass ich Bäume rausreißen kann.
Ich kann die Sterne vom Himmel holen,
ich kann die Berge auf die Seite schieben,
aber ich kann gegen mich nicht widerstehen.
Mein Herz sagt „Ja." Mein Verstand sagt „Nein."

Das Leben ist kein Spiel,

du kannst es nicht machen.

Aber ich bin schon drin, ich kann es nicht lassen.

Ich spiele mit und kann auf mich verlassen.

Der Preis ist hoch, aber ich spiele noch.

Jetzt oder nie, es hängt nur an mir

und an meiner Energie.

Es ist nicht schwer, aber auch nicht „fair".

Alles oder Nichts, heute und Hier.

Das ist das Spiel und der Gewinn sind „Wir."

Ja, ich habe gespielt und ich habe gewonnen.

Ich habe die nächsten glücklichen 11 Jahre meines Lebens gewonnen.

„Man liebt einen Menschen nicht wegen seiner Stärke, sondern wegen seiner Schwächen."

Tilla Durieux

Dezember 2011

Die Enttäuschung

„Wenn der logische Verstand und das unlogische Gefühl sich streiten, gewinnt meistens der Verstand und oft freut er sich, ohne zu wissen das jeder Gewinn ein Schritt zum größten Verlust ist."

Ruediger Schache

Bei mir gewinnt immer mein unlogisches Gefühl und ich kann nichts dagegen machen. Die 11 Jahre sind vergangen und ich freue mich die erlebt zu haben. Ich freue mich auf die schöne Zeit, die wir zusammen hatten. Warum könnte es nicht so weiter gehen? Warum können wir uns nicht mehr verstehen? Wo sind unsere glücklichen Tage geblieben? Was ist nur mit uns los? Wir haben alles geschafft was wir schaffen wollten. Wir haben alles erreicht was wir erreichen wollten. Es war doch so schön, so harmonisch. Wir hatten zusammen so viel Spaß gehabt. Die Vergangenheit kann man nicht zurückdrehen. Man kann nur die schönsten Erinnerungen im Herzen behalten. Es war wie es war und es ist vorbei. Vorbei, als ob es auch nie war. Alles ist verschwunden was wir je hatten, die Liebe, die Geborgenheit und das Vertrauen.

Es ist ein „Ende", es ist unser „Ende".
Es ist das Ende unserer glücklichen Tage.
Es ist das Ende unseres Zusammenseins.
Ein Wind hat alles mitgenommen,
alles gelöscht was wir je hatten,
alles was uns verbunden hat.
Geblieben sind nur Erinnerungen.
Die Leere zwischen uns ist inzwischen so groß,
dass wir sie nicht mehr erfüllen können.

Unser Leben ist kein Kampf, es ist ein Weg und jeder hat seinen eigenen.

Auf der Suche nach mir selbst

Ja, es war ein Ende, es war unser Ende. Nur dieses
Mal war ein „Ende ohne Ende."
Was ist passiert? Was ist mit mir los?
Ich habe keine Kraft mehr,
ich kann nicht mehr denken.
Ich habe keinen Halt mehr,
ich kann nicht mehr stehen.
Ich kann nicht mehr hören,
ich kann nicht mehr spüren.
Ich kann mich selbst nicht mehr verstehen.
Was es auch ist, es ist ein Ende.
Aber ich sehe kein Licht, ich sehe nur Wände.
Wo ist die Tür? Wo sind meine Hände?
Ich brauche einen Schlüssel. Raus aus den
„Wänden." Das Leben ist schön
und die Zeit ist Gold,
wir können nicht warten bis der „Wind" uns holt.

Mai 2013

Mein Spiegel

Die 2 Jahre sind vergangen und ich frage mich bis heute, warum? Warum will der Mensch dem ich so vertraue mich zur Rechenschaft ziehen? Und warum will die Person die ich so liebe mir Schuldgefühle anhängen?

Die Vergangenheit kann man nicht ändern, man muss es akzeptieren und respektieren. Alles was geschieht, geschieht, weil es geschehen muss. Es gibt im Leben keine Zufälle, alles was passiert, passiert, weil es passieren muss. Alles hat einen Sinn. Wir lernen, wir wachsen und wir werden größer. Wir tun was wir tun müssen und leben unser Leben so, wie wir es uns vorstellen.

Es gibt im Leben keine Fehler, es gibt nur Entscheidungen.

Es gibt kein Recht oder Unrecht.

Entweder wir tun es, oder lassen es bleiben.

Wir sind keinem eine Rechenschaft schuldig.

Wir dürfen nie an uns zweifeln.

Wir dürfen nie die Hoffnung verlieren.

Wir dürfen uns nicht ärgern, wenn etwas nicht so läuft wie wir es uns vorstellen.

„Wut und Hass entstehen, weil wir uns machtlos und dem Verhalten des anderen ausgeliefert fühlen."

„Wenn wir uns schuldig fühlen, ganz gleich ob selbst oder anderen gegenüber, dann machen wir uns zu Opfern. Wir werden abhängig von Vergebung, von Wiedergutmachung und von der Meinung anderer Menschen."

Markus M. Ronner

Die Schuldgefühle sind künstlich erschaffen um andere beurteilen zu können. Wenn man einmal damit anfängt, kann man nicht mehr aufhören sich darüber Gedanken zu machen. Man kann sich nicht mehr auf das Wichtigste konzentrieren und sinkt tief in die Probleme hinein. Die Probleme bringen mit sich noch mehr Probleme und wir finden keine Lösungen mehr. Es ist wie eine Zwickmühle, es dreht und dreht und hört sich nicht mehr auf zu drehen. Mit jedem Tag wird es schlimmer, bis wir unseren Tiefpunkt erreichen. Es ist wie ein Teufelskreis, es dreht und dreht und zieht alles, was wir uns aufgebaut haben, mit nach unten.

Aber warum bin ich in dieser Zwickmühle gelandet?
Warum kann ich dort nicht mehr herauskommen?
Es muss doch einen Ausweg geben,
es gibt im Leben immer einen.
Ich versuche es schon seit 2 Jahren,
aber ich finde keinen.
Ich versuche eine Lösung zu finden,
aber es fehlt mir eine.

Ich versuche etwas zu verändern,
aber ich kriege es nicht hin.
Es kann so nicht mehr weiter gehen,
es muss doch endlich was passieren.
Ich will es nicht, ich kann es nicht,
meine Geduld ist längst zu Ende.
Ich habe auf ein Wunder gewartet,
ich habe auf ein Wunder gehofft und es kam.

Es kam auf meinen Ruf und hat mir geholfen
meine Gedanken zu verstehen.
Es kam und hat mir geholfen mich selbst zu finden.

Ein Unbekannter

Es war „Einer", der „Keiner" war.

Es war „Jemand", der „Niemand" war.

Ich habe ihn zu mir gerufen.

Ich habe ihn zu mir gezogen.

Er kam vom „Nichts" und ging wie „Nichts".

Geblieben sind nur Erinnerungen.

War das wirklich ein Zufall? Nein, es gibt im Leben keine Zufälle. Alles was passiert, ist unser Schicksal. Er kam, weil ich ihn gebraucht habe. Er kam, weil ich ihn gerufen habe. Er lief mir so lange über den Weg bis ich ihn wahrgenommen habe, im Park, auf der Straße, im Café. Egal, ob es geregnet oder geschneit hat, ob es morgens oder tagsüber war, habe ich ihn getroffen, Tage, Wochen, Monate lang.

Unglaublich, er ist überall, wo ich auch bin. Wie ist so etwas überhaupt möglich?

Auch wenn wir dabei sind alles zu verlieren, sollen wir das Vertrauen an uns nicht verlieren.

Das kann uns keiner wegnehmen. Ich habe mir vertraut. Ich habe an mich geglaubt. Und ich habe gefunden was ich gesucht habe, ich habe mein verlorenes „Ich" gefunden. Ich habe meine innere Stimme wiedergefunden.

Ich habe mich „Neu" entdeckt und weiß was ich zu tun habe.

„Die Vernunft ist nur der durch Phantasie erweiterte Verstand."

Franz Grillparzer

Ein Freund in mir

Mein Blut kocht,
das wirst du spüren, wenn du meine Hände hältst.
Mein Herz schlägt,
das wirst du spüren,
wenn du dein Herz an meinem hältst.
Es kommt Feuer aus meinem Mund,
das wirst du spüren,
wenn du deine Nase an meine hältst.
Aber ich bin so müde,
zu müde um meine Augen auf zu halten.
Nur wenn ich die schließe,
bin ich nicht mehr hier.
Ich bin woanders, ich bin bei dir.
Schalte ich meinen Verstand aus,
bin ich mit dir.
Du bist mein Schicksal,
und hier sind wir.

Ich suche keinen Freund,

die habe ich hier.

Hier bei mir, in mir,

und hier sind wir.

Das ist eine Antwort auf seine Frage, ob ich einen Freund suche. Nein, ich bin nicht auf der Suche nach einem Freund.

Ich war auf der Suche nach mir selbst.

Zeichnung: Narek Samvelian

Die Freiheit

In meinem Gedanken bin ich nicht mehr seins.

Ich bin eine Fremde und wir sind nicht mehr „Eins."

Es ist eine Leere in seinem „Ehrenplatz."

Eine Barriere zwischen meins und seins.

Er ist nicht bei mir und auch nicht hier.

Er ist noch nicht mal in meiner Nähe.

Aber ich kann mich noch freuen und nichts bereuen.

Ich kann noch träumen und mich auf alles freuen.

Ich kann noch lachen und mich lustig machen.

Ich kann morgens noch glücklich aufwachen.

Das ist meine Welt und ich brauche kein Held.

Alles was wir sind, erschaffen wir uns selbst.

Wenn wir unsere Gedanken bewusst wählen können, werden wir unser Leben auch bald verändern.

Wir leben, wir lieben und lassen wir es los.

So lange, wir weiter auch so leben

und das alles auch immer so sehen,

haben wir keinen Schmerz und keine Wehen.

Ist es wirklich wahr? Ist das kein Traum?

Ich will nicht mehr träumen

und mein Leben verträumen.

Ich will nicht mehr denken

und mein Leben verschenken.

Ich will wieder leben und mich verlieben.

Ich will meine Träume noch einmal erleben.

„Man altert nur von fünfundzwanzig bis dreißig.
Was sich bis dahin erhält, wird sich wohl auf immer
erhalten."

Christian Friedrich Hebbel

Zurück zur Vergangenheit

Ich habe es geschrieben und habe bemerkt, dass ich voll und ganz unter meinen Emotionen leide. Ich kann mich auf nichts konzentrieren außer meinen Gedanken, aber manchmal nichts tun ist besser, als mit vieler Mühe nichts schaffen. So habe ich mich entschieden eine „Pause" zu machen. Ich muss eine Weile Ruhe bewahren und auf mich gut aufpassen.

„Die besten und schönsten Dinge auf der Welt kann man weder sehen noch hören. Man muss sie mit dem Herzen fühlen".

Helen Keller

So gehe ich zurück zur Vergangenheit und will mich nur noch an die schöneren Zeiten erinnern. An schöne, wilde Zeiten, als ich noch jung und ahnungslos war. Die Zeiten, als ich nichts anderes im Kopf hatte als Freude und Spaß. Die Zeiten, als ich noch keine Sorgen hatte.

Die Zeiten, als ich die Welt mit anderen Augen gesehen habe. Ich hatte eine tolle Kindheit, eine wunderbare Jugend und ich dachte es wird immer so bleiben, wie es ist: so schön, so toll und so einzigartig. Aber es war, wie es war und es ist vorbei. Jetzt möchte ich einfach meine Ruhe haben und mir nicht den Kopf zerbrechen.

Ich wollte schlafen, aber ich konnte nicht. Ich war hellwach und erinnerte mich an ein Gespräch mit meiner Mutter. Ich habe mit mir geredet, als ob ich mit meiner Mutter rede.

Ein Brief an meine Mutter

Liebe Mama, ich habe nie mein Leben mit dir geteilt. Ich habe dich nie um Rat gebeten, aber du warst immer für mich ein Vorbild, meine Quelle, mein Wasserhahn. Ich konnte immer trinken, wenn ich Durst hatte und das war für mich mehr als genug um glücklich und zufrieden zu sein. Du warst nie sauer auf mich, hast dein volles Vertrauen mir geschenkt. Auch als ich Mist gebaut habe und nicht mehr wusste was ich tun soll, warst du immer an meiner Seite. Du hast mir gesagt,

„Das Leben muss strömen. Wasser das nicht fließt, bedeckt sich mit Schaum und fault".

Alphonse de Lamartine

Tue, was dein Herz sagt und denke nicht viel nach. Ja, du hattest Recht, ich habe wie eine Wilde gelebt. Ich habe so viele Erlebnisse und Abenteuer gehabt.

Mein Leben war ein totales Chaos, aber es war mein Chaos und ich habe es genossen. Ich hatte so viel Freude am Leben, so viel Spaß und war immer bereit für etwas Neues. Wenn man Angst hat, darf man nicht in den Wald gehen. Mein Motto war, die Schwachen zu schützen und die Starken auf die richtige Bahn zu bringen. Es war nicht leicht, aber ich war offen für die Überraschungen. Du hast mich einmal „Monster" genannt, bzw. mit einem Monster verglichen, weil du nicht verstanden hast was ich tue und warum ich es tue. Aber ich habe nichts Falsches getan. Ich habe nur einem selbstverliebten Jungen seinen Platz gezeigt. Ich habe ihn vor seinen Spiegel gestellt und sein wahres „Ich" gezeigt. Ich habe ihn mit seinen eigenen „Waffen" geschossen und habe ihn so verletzt, wie er es sonst selbst tut. Keiner darf mit den anderen spielen. Keiner darf die Gefühle anderer verletzen. Und die, die das versuchen, wecken das „Monster" in mir. Ich habe eine Art Menschen auf meine Weise zu erkennen. Ich habe eine Art Sachen auf meine Weise zu erledigen. Ich war immer so und würde mich auch nicht ändern. Ich habe das Richtige getan, nur das Richtige für mich ist nicht immer das Richtige für die anderen. Du hast nicht verstanden was ich tue, aber ich habe getan was ich tun musste.

„Das Gewissen hindert uns nicht Sünden zu begehen, aber es hindert uns die Sünden zu genießen".

Salvador de Madariaga Y Rojo

Er war einer von den „Verdorbenen Kernen", und hat nichts anderes verdient als er bekommen hat. Ich könnte es dir nicht erklären, aber du hast mir selbst immer gesagt, es ist alles ein Gehirntraining. Wir können weinen, lachen, uns freuen, aber wir dürfen es nicht an uns heranlassen. Das Leben ist zu schön um es zu vergeuden. Fühle es, genieße es, und lass es gehen. Ja, du hattest Recht, aber was ist, wenn wir es nicht können?

Was ist, wenn wir nicht schaffen uns vom Schmerz zu trennen? Jeder hat eine schwache Stelle und ist auf seine Weise verletzlich. Jeder hat eine dunkele Seite und hat was zu verbergen. Das Leben ist wie eine Treppe, es bringt uns ständig auf höhere Ebenen und wir steigen und steigen und entdecken immer wieder etwas Neues. Wir steigen langsam nach oben und erreichen das, was wir erreichen möchten. Wir erreichen das, was wir erreichen müssen.

Der Platz, wo wir sind, ist der Platz, wo wir sein müssen und den erschaffen wir uns selbst.

Als ich das geschrieben habe, hatte ich so ein leichtes Gefühl, als ob ich gleich fliegen könnte. Ich hatte so ein weiches Herz, als ob es gleich anfangen konnte zu schmelzen. Es ging mir so gut, dass ich nicht mehr aufhören konnte zu grinsen.

> *„Sich seiner Vergangenheit bewusst zu sein heißt Zukunft haben."*
>
> *Hans Lohberger*

Ich habe den Brief in meine Tasche gesteckt und wollte ihn unbedingt meinem neuen Unbekannten vorlesen. Es hat nicht lange gedauert ihn zu treffen. Er kam wie immer, mir entgegen. Ich habe gelesen und er hat zugehört. Dann sagte er zu mir,

Alisa, du bist auf dem Weg eine Klarheit für dich zu erschaffen.

Ja, er hatte Recht, ich habe mein Gewissen erleichtert und es ging mir viel besser. Aber was ist nun jetzt? Wie geht es weiter? Warum lese ich das für ihn? Wir haben noch viel über andere Sachen gesprochen und dann hat er wieder angefangen mich etwas zu fragen. Fragen, die mich wütend gemachen haben. Fragen, die ich nicht beantworten konnte. Fragen, auf die ich selbst die Antwort nicht wusste. Ich war so müde, so lustlos, bin nach Hause gekommen und statt mich hinzulegen habe ich angefangen zu schreiben. Ich habe die Antworten auf seine Fragen geschrieben.

Zeichnung: Narek Samvelian

Die Lebensblume

Du hast mich gefragt ob ich verliebt bin, nun bin ich das? Liebe ist die Anziehungskraft des Geistes und verliebt sein ist nur ein Zustand. Ich bin weder verliebt noch auf der Suche nach etwas Neuem. Ja, mein Herz ist voller Liebe und ich bin voll mit Energie, aber ich bin nicht verliebt. Ich sehe überall ein Zeichen, das mich an Liebe erinnert, aber ich bin nicht verliebt. Es ist nur so,

„Ein ganz klein wenig Süßes kann viel Bitteres verschwinden lassen".

Francesco Petrarca

So wie heute in der Arztpraxis. Es war ein Tattoo auf dem Hals der Praktikantin, das mich so glücklich gemacht hat, es stand:

"You are always in my Heart."

Ja, er ist immer noch in meinem Herzen und ich kann mich nicht von ihm trennen. Ich will mein Leben auch nicht verändern. Ich bin gerne hier, wir haben schöne Gespräche, aber wir haben nichts gemeinsam. Ich suche keinen Freund, ich suche niemanden. Ich suche etwas, was ich noch nicht weiß. Wir sind und bleiben uns für immer fremd. Zwei einsame Herzen, die überall und nirgendwo sind. Ich wollte damit ihn nicht verletzten, aber ich konnte nicht anders. Ich habe ein Stück Papier genommen und habe versucht es zu erklären wie es sich anfühlt. Ich habe einen Kreis gemalt und die Namen meiner Freunde auf den Kreis geschrieben. Ich habe gesagt, dass ich meine Freunde liebe, und obwohl sie weit weg sind, kann ich jederzeit mit denen reden. Ich kann sie von der Ferne spüren und es geht mir immer leichter, wenn ich an sie denke.

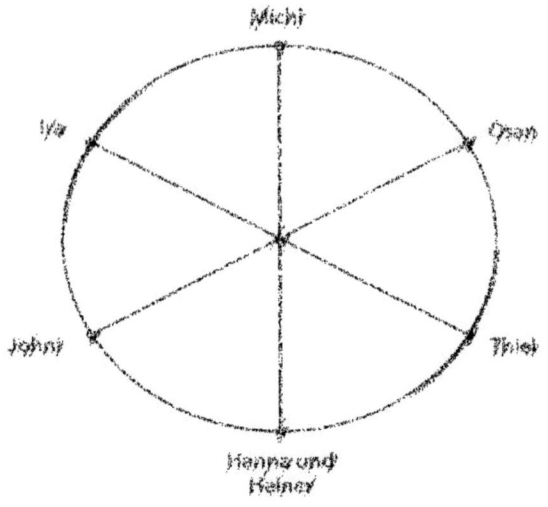

Zeichnung: Narek Samvelian

Es ist so, als ob wir nie getrennt sind und können auch ohne was zu sagen miteinander kommunizieren. Es ist so, als ob wir aus ein und demselben Holz geschnitten sind. Und genau so ein Gefühl habe ich auch mit ihm, obwohl wir uns gar nicht kennen. Dann habe ich einen Stern gemalt und das Leben mit einem Feuerwerk verglichen.

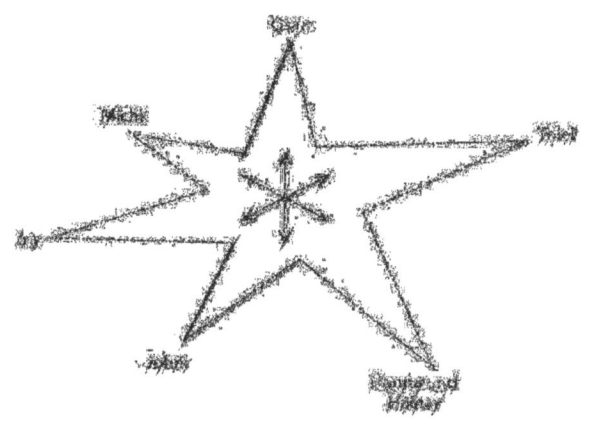

Zeichnung: Narek Samvelian

Ich habe die Namen meiner Freunde auf die Spitze geschrieben und habe gesagt, auch wenn wir auf die ganze Welt verstreut sind, können wir uns trotzdem hören und sind füreinander da. Wir bilden zusammen einen unglaublichen magischen Kreis und sind zusammen stark. Wir haben zusammen eine Welt, dass jeder davon nur träumen kann. Wir sind zusammen stark, wir sind zusammen reich, reich mit unserer Welt und reich mit uns selbst.

Dann habe ich eine Linie gemalt und in der Mitte einen Punkt.

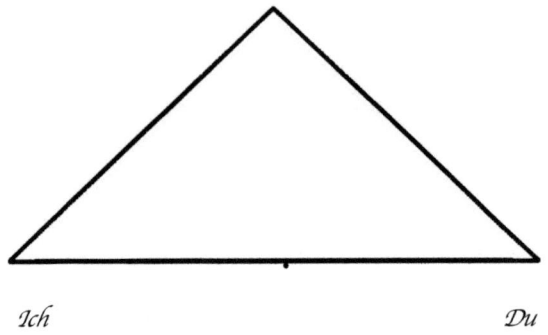

Ich *Du*

Zeichnung: Narek Samvelian

Ich habe gesagt, dass es wie eine Waage aussieht und wir sind die Steine an den Seiten, er von links und ich von rechts. Wir beide halten das Gleichgewicht und wahrscheinlich ist das auch der Grund, warum wir uns immer wieder über den Weg laufen, einfach so, rein zufällig, beim Regen und Sturm, beim Hagel und Schnee. Das ist kein Zufall, Zufälle gibt es nicht. Alles was passiert, ist unser Schicksal. So unglaublich wie es auch klingt, ich weiß was er denkt und ich kann seine Gedanken verstehen. Wir haben viel gemeinsam und ergänzen uns irgendwie, aber wir gehören in zwei verschiedene Welten und können nie eine Eins sein. Wir können nie den Mittelpunkt erreichen, sonst verlieren wir das Gleichgewicht. Wir sind und bleiben die Steine rechts und links. Ich dachte, er würde aufstehen und gehen, aber stattdessen war er glücklich. Er hat gelächelt und gestrahlt als ob ich ihm gerade eine Liebeserklärung gemacht hätte. Seine Wangen waren rot und er war ganz unruhig. Dann habe ich bemerkt wie er langsam glüht. Er konnte nicht mehr an einer Stelle sitzen. Er ging immer hin und her und konnte seine Aufregung nicht mehr verstecken. Dann ist er plötzlich ausgeflippt. Er sah wie ein Luftballon aus, der sich von Wand zu Wand schmeißt, wenn die Luft ausgeht. Er guckte mich an und wiederholte immer wieder einen Satz. Ich wusste es Alisa, sagte er, ich wusste es schon von Anfang an als ich dich getroffen habe. Du bist meine „Lebensblume". Ich habe dich gefunden. Ich dachte, was redet er für einen Unsinn? Was für eine „Lebensblume" und was habe ich überhaupt damit zu tun? Ist er vielleicht verrückt? Und wenn er schon so verrückt ist, warum habe ich es schon vorher nicht bemerkt? Warum erst jetzt? Und warum gerade er? Ich habe mich nie in Menschen getäuscht. Ich gehe lieber nach Hause und vergesse das alles. Aber nein, ich konnte nicht gehen, ich konnte ihn nicht unterbrechen. Er hat gesprochen und gesprochen und hat versucht mir etwas zu erklären. Er hat über ein ewiges Leben gesprochen, über eine unendliche Bewegung. Er hat über die Zahl 7 gesprochen und hat das mit meinem Kreis und dem Stern verglichen. Er sagte, dass mein Kreis auch 7 Punkte hat, wie das ewige Leben.

Zeichnung: Narek Samvelian

Er sagte, dass die Zahl 7 eine Bedeutung hat und das bedeutet, dass ich das ewige Leben gefunden habe. Er sagte, wenn jeder von uns seine 6 Freunde findet, dann bilden wir zusammen eine Lebensblume, einen Kreis, einen Stern, der so ähnlich ist wie die Lebensblume und hat auch 7 Punkte wie das Zeichen vom ewigen Leben. Es hörte sich so unglaublich, so unwahrscheinlich, aber anderseits sehr interessant an. Ich habe fast angefangen zu glauben, als er plötzlich seinen Ton änderte. Er sagte, von jetzt an sage ich dir wo es hingeht. Von jetzt an sage ich dir was wir zu tun haben. Es kommt Zeit und du wirst wissen wer ich bin. Es kommt Zeit und du wirst wissen was es bedeutet eine Lebensblume zu sein.

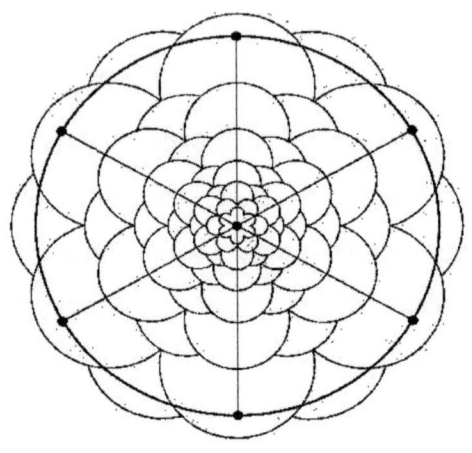

Zeichnung: Narek Samvelian

Ich habe gelacht. Jetzt ist aber genug, ich habe mehr als genug Unsinn gehört. Was denkt er sich wer er ist? Ich mache mich lieber auf dem Weg nach Hause und will von ihm nichts mehr hören. Aber als ich zu Hause war, konnte ich nicht mehr aufhören an seine Worte zu denken. Die klangen bei mir wie ein

Ohrwurm und haben mich nicht in Ruhe gelassen. Als wir uns am nächsten Tag getroffen haben, war er wieder ganz normal und hat versucht mir das Ganze zu erklären. Er hat über Physik und Mathematik gesprochen, über eine Kraft, die uns alle zusammenbringt, über ein Energiefeld, das uns zusammenhält. Er hat über die Anziehungskraft gesprochen und hat gesagt, dass die genauso funktioniert wie die Schwerkraft. Er sagte, dass die Wissenschaftler versuchten seit Jahrtausenden rauszubekommen wie es funktioniert, und es funktioniert genauso, wie ich es beschrieben habe. Dann hatte er eine Serviette genommen und hat sie von beiden Seiten gehalten. Dann gab er mir das andere Ende der Serviette und bat mich sie festzuhalten. Siehst du Alisa, sagte er, der Gegenstand, den ich werfe, fällt nicht nach unten. Wir halten ihn fest. Wir halten es in unseren Händen, weil wir über die Energie verfügen.

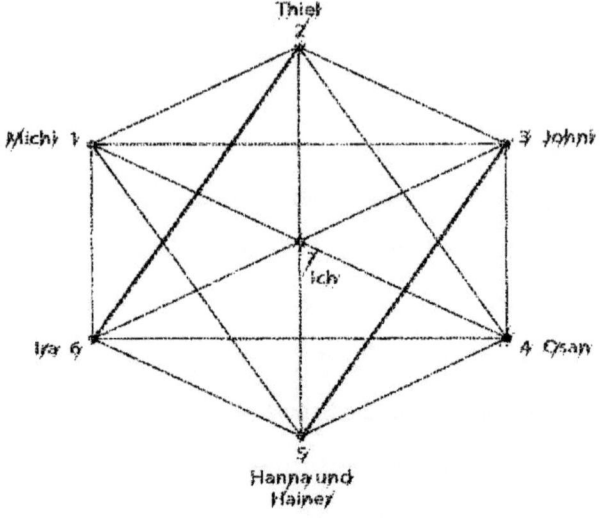

Zeichnung: Narek Samvelian

Wir sind die Magneten auf der Seite und die Energie hält uns zusammen.

Das ist die Anziehungskraft, das Netz. Das ist die Lebensblume.

Es hat mich sehr interessiert und als ich nach Hause gekommen bin, habe ich im Internet geguckt. Es gab tatsächlich eine Lebensblume, das sogenannte Netz, wo die Menschen miteinander kommunizieren. Das waren Künstler, Schamanen, Magier von der ganzen Welt, Menschen, die eine besondere Gabe haben und an das glauben. Die treffen sich sogar einmal im Jahr und tauschen ihre Erfahrungen miteinander aus. Sie organisieren die Ausstellung namens „Mystik" und zeigen gerne was sie können. Jeder von ihnen hat eine Gabe, aber die größte Gabe von allen ist, die glaubten an etwas, was es nicht gibt. Die sehen etwas, was die anderen nicht sehen. Es hat viel mit Physik zu tun, mit Wissen, wie Schwerkraft und Anziehungskraft. Unsere Vorfahren haben es gewusst und haben es bewusst eingesetzt um die anderen zu führen. Es ist eigentlich ganz einfach, einer hält die anderen fest und alle anderen halten das eine fest. Die ganzen Kirchen sind mit dieser Methode gebaut, die ganzen Paläste, die Hallen und die Pyramiden. Sogar die

Berge und die Felsen sind so erschaffen worden. Es ist unglaublich, ist faszinierend. Warum habe ich früher nicht daran gedacht? So verrückt ist er doch nicht, er weiß was er sagt und er weiß was er tut, nur ich brauche Zeit um es zu verarbeiten. Die Gedanken über unsere Gespräche lassen mich trotzdem nicht in Ruhe. Ich bin so ungeduldig und kann einfach nicht ruhig schlafen. Wer ist er eigentlich? Was will er von mir? Und wer war der Freund, den wir so rein zufällig getroffen haben?

Als kleines Kind habe ich an das Unglaubliche geglaubt. Ich dachte, ich bin ein Glückspilz und bin unter einem Glücksstern geboren. Dass es an unserer Ausstrahlung liegt, habe ich nicht gewusst. Ich dachte, dass mein Stern mich durch das ganze Leben begleiten würde. Ich bin jeden Abend mit ihm ins Bett gegangen und habe immer gedacht, dass er alle meine Wünsche erfüllen kann. Ich habe mir immer etwas gewünscht und habe es auch immer bekommen. Ich habe meinen Stern geliebt, seine Nähe gespürt und an ihn geglaubt. Auch als ich jung war, habe ich nicht aufgehört an ihn zu glauben, obwohl ich schon wusste, dass es nicht so ist. Ja, es war verrückt, aber es ist alles wahr. Ich habe an ihn geglaubt und ich habe immer gekriegt was ich mir gewünscht habe. Ich wusste nichts über eine Anziehungskraft und wusste auch nicht, dass wir selbst dafür verantwortlich sind. Es ist aber so, wir geben was wir haben und kriegen was wir geben. Es ist alles irgendwie magnetisch und liegt nur an unserer Ausstrahlung. Ich hatte immer einen guten Freundeskreis und das Leben so genossen wie es war. Ich habe immer gesagt,

„Genieße, wenn du kannst und leide, wenn du musst".

Johann Wolfgang von Goethe

Das Leben ist ein Geschenk für uns und jede Sekunde zählt. Nach jedem dunklen Tag kommt ein neuer und in jeder dunklen Ecke ist eine Blume zu finden. Ich habe gelebt und habe nie viel nachgedacht was ich tue und warum ich es tue. Ich habe immer an mich geglaubt und hatte nie Zweifel daran, dass alles gut wird. Ich habe in meinem Leben so viele Höhen und Tiefen gehabt, aber hatte nie Angst es nicht zu schaffen. Ich habe gelernt meine Finger nicht zu verbrennen, wenn ich mit dem Feuer spielte und ich habe gelernt so hoch zu fliegen, dass ich meine Flügel nicht verletze. Ich war schon im „Himmel" und habe dort lieben und vergeben gelernt. Ich war auch in der „Hölle" und habe dort lügen und betrügen gelernt.

Ich habe gelernt teuflisch zu denken
und menschlich zu handeln.
Ich habe gelernt das Leben zu schätzen
und nicht zu unterschätzen.

Ich habe gelernt Menschen zu achten
und nicht zu beachten.
Ich habe gelernt den Moment zu nutzen
um mich zu beschützen.
Ich habe gelernt den Schmerz zu spüren
und ihn los zu lassen.
Ich habe gelernt den Feind zu lieben
statt ihn zu hassen.
Ich habe gelernt im Leben zu handeln
statt immer zu warten.
Bei mir gibt es kein „Nein", es gibt auch kein „Geht nicht". Bei mir gibt es nur „Ja" wir werden es schaffen.
Bei mir gibt es nur „Na, klar", wir kriegen es hin.
Ich liebe das Leben und fürchte mich nie.
Es gibt immer einen Weg, irgendwo und irgendwie.

„Was uns den Weg verlegt bringt uns voran".

Albert Camus

Ein Freund von mir hat gesagt, Alisa, du bist so hartnäckig und wenn du in deinem kleinen Kopf etwas einsetzt, dann kriegst du es auch hin. Du hast das schon bevor du es willst. Er hat ja eigentlich recht. Ich habe es, bevor ich mir es wünschen kann.

„Achte auf Deine Gedanken, denn sie werden Worte. Achte auf Deine Worte, denn sie werden Handlungen. Achte auf Deine Handlungen, denn sie werden Gewohnheiten. Achte auf Deine Gewohnheiten, denn sie werden Dein Charakter. Achte auf Deinen Charakter, denn er wird Dein Schicksal."

Charles Reade

Unser Schicksal liegt in unseren Händen und wir haben es selbst zu beantworten.

Der Magische Kreis

„Ein Optimist sieht eine Gelegenheit in jeder Schwierigkeit, ein Pessimist sieht eine Schwierigkeit in jeder Gelegenheit".

Winston Churchill

Ich bin ein Optimist und finde immer eine Lösung. Ich habe auch einen tollen Freundeskreis, der mich immer in allem unterstützt. Wir sind füreinander da, wenn wir uns brauchen. Und jetzt brauche ich sie wie die Luft und das Wasser. Ich brauche die jetzt wie niemals zuvor.

Treff 1. Ich habe Michi angerufen. Den habe ich schon seit 13 Jahren nicht mehr gesehen. Er war mein Tanzpartner, das Feuer in meinem Leben. Wir haben 10 Jahre lang zusammen getanzt und haben uns aus den Augen verloren. Als Psychologe und ein guter Freund dachte ich, dass er mir mehr über die Situation erklären kann als sonst jemand anderer.

So habe ich ihn angerufen und einen Termin mit ihm vereinbart. Nach ein paar Tagen saßen wir schon an einem Cafe' und haben uns unterhalten. 13 Jahre sind vergangen, aber es war so, als ob wir uns erst gestern getroffen hätten. Es war so schön, so warm, so vertraulich. Ich konnte sogar seinen Atem spüren und sein Herzklopfen hören. Als ich ihn gefragt habe, ob er mir einen Gefallen tun kann und mir die Situation erklären kann, hat er mich stattdessen nach einer Gegenleistung gefragt. Ich dachte, das ist doch nicht der Michi, den ich kenne. Wir sitzen schon eine Weile hier und flüstern so schön miteinander und er fragt nach einer Gegenleistung? Was erwartet er denn von mir? Hat er sich wirklich so verändert? Ich habe ihm gesagt, auch wenn er beruflich als Psychologe arbeitet, bin ich nicht bereit für unser Gespräch zu zahlen.

Da sagte er, das ist gut Alisa, gut, dass du die primitiven Zahlungsmittel nicht angenommen hast.

Dann muss es dir wichtig sein. Unwissenheit ist viel schlimmer als jede Wahrheit. Ja, er hat recht, ich kann nicht im Dunkeln bleiben, ich muss es wissen. Ich habe ihm gesagt, dass ich mir sicher bin, dass das, was ich ihm erzählen werde, würde ihn auch sehr interessieren. Da hat er mich gebeten für ihn auch etwas tun was er selbst nicht kann. Er hat mich gebeten das Puzzleteil in seinem Leben zu finden was ihm so fehlte. Er will wissen, warum die Leute, die er so liebt, von ihm weglaufen und die Leute die er nicht abkann hängen fest an ihm. Ich dachte, ich kenne sein Privatleben gar nicht und überhaupt, nach so vielen Jahren?

Woher soll ich es auch wissen was bei ihm fehlt? Aber er war so lieb, so nett, ich konnte nicht nein sagen. Ich kann nicht aufgeben ohne es auszuprobieren. Da sagte er, Alisa, ich bin sicher, dass du es finden würdest. Und wenn du es hast, dann setzen wir uns wieder zusammen. Du hast damals schon etwas gehabt, dass mich so fasziniert hat und jetzt weiß ich was es war. Na toll, und was jetzt? Was soll ich machen und wie soll ich es herausfinden? Hat er absichtlich das Unmögliche von mir verlangt oder ist er wirklich so sicher, dass ich es kann?

Als ich schon im Bett war, hat unser Gespräch mich nicht zur Ruhe kommen lassen. Die Gedanken kamen einfach so und ich konnte nicht aufhören an ihn zu denken. Ich bin aufgestanden und habe angefangen zu schreiben. Ich habe die Antwort auf seine Frage geschrieben.

„Denken ist Reden mit sich selbst."

Immanuel Kant

Das Puzzleteil

Du bist so intelligent, so nett und so lieb. Du siehst super aus und hast eine tolle Ausstrahlung. Du wirkst immer so ausgeglichen und zufrieden. Du bist einfach perfekt. Du hast einen guten Job und hast alles unter Kontrolle, aber gerade das macht das Leben so schwierig. Das Leben ist kein Märchen und es gibt nicht nur ein „Happy End". Du kannst im Leben nicht nur das Beste erwarten und nur deine guten Seiten zeigen. Du musst endlich aus dir rauskommen. Du musst so sein, wie du sein möchtest.

Scheiß auf Moral, scheiß auf die Fhre.
Das Leben ist wie auf einer Fähre.
Wir fahren, fahren den Ozean entlang
Und nehmen alles was unsere Seele verlangt.
Komme aus deiner Hölle raus,
sei nicht wie eine Maus.

Lasse deine Bildung und vergiss die Erziehung.

Wecke den Teufel in dir

und lass deinen Druck raus.

Du musst über deinen Schatten springen.

Du kannst dich in dir nicht lange gefangen halten.

Sei so wie du bist, sei so wie ich dich kenne.

Sei so, dass das Leben dir Spaß machen würde.

„Die Vernunft ist nur der durch Phantasie erweiterte Verstand".

Franz Grillparzer

So lange du es nicht tust, wirst du nicht das bekommen, was du möchtest, sondern das, was zu dir kommt. Suche nicht woanders, suche in dir selbst.

„Wir sehen die Dinge nicht, wie sie sind, wir sehen sie so, wie wir sind."

Anais Nin

Und jetzt komme ich zu unserem Gespräch zurück und möchte es wissen. Warum warst du dir so sicher, dass ich die Antwort schon kenne? Und warum wolltest du es von mir hören? Du weißt das bestimmt selbst. Ich kenne dich zu lange um zu wissen wie du denkst und was du willst. Was möchtest du wirklich?

Er hat gelächelt und hat nichts gesagt. Es war mir auch klar, er wollte nur wissen, ob ich noch dieselbe bin wie früher. Es war eine Herausforderung und ich habe sie bestanden. So saßen wir zusammen, Kopf an Kopf und Auge in Auge. Ich habe geflüstert und er hat mir zugehört. Wir waren so leise, dass man unseren Atem hören konnte. Ich habe ihm alles erzählt und er hat mir ein paar Fragen gestellt. Dann hat er uns in seinem Kopf nummeriert.

Nr.1 war ich, die „Feinfühlige". Ich fühle alles, was die anderen nicht fühlen. Nr.2 war mein Unbekannter, der „Weitsichtige". Er kann alles sehen, was die anderen nicht sehen können. Nr. 3 war der Freund von meinem Unbekannten. Er brauchte uns zwei um das zu schaffen, was er alleine nicht kann. Wir drei waren eine gute Mischung und konnten einander ergänzen.

Das ist doch nicht schlecht, Nr. 1 weiß nicht was sie macht, aber sie macht das, was ihr Gefühl ihr sagt. Nr. 2 weiß schon was er zu tun hat, aber er schafft das nicht alleine. Nr. 3 braucht uns, weil er sich zu uns hingezogen fühlt. Es ist doch schön, wir haben nichts gemeinsam, aber wir fühlen uns wohl miteinander. Es ist leichter zusammen. Ich schreibe, er erklärt und es geht uns gut. Wir reden, wir lachen und wir vergessen unsere Probleme.

Es ist irgendwie magisch. Es ist so als ob er meine Gedanken lesen kann. Er weiß das schon bevor ich es schreibe. Aber ich kann auch seine Gedanken lesen. Ich kann ihn verstehen ohne dass er mir etwas sagt. Es ist wirklich schön, obwohl wir fremd zueinander sind, unsere Gedanken sind eins. Wenn ich mit ihm rede, habe ich ein Gefühl, dass ich mit mir rede. Wenn ich seine Probleme anhöre, es klingt so, als ob ich meine erzähle. Es ist wirklich verrückt, die ganzen Zufälle, die Lebensblume, mein Kreis, mein Stern, die magische 7. Vielleicht habe ich wirklich eine Lebensblume gefunden. Und wenn das wirklich so ist, helfe ich ihm auch seine zu finden.

Zeichnung: Narek Samvelian

Meine zauberhafte Welt

Ich bin nach Hause gekommen und das erste Mal in 4 Wochen konnte ich wieder ruhig schlafen. Ich hatte einen Traum. Es war ein Feld voller Steine, bunt, farbig, glänzend. Die haben unter der Sonne geleuchtet und ihre Farben ständig gewechselt. Die fröhlichen Farben haben sich bewegt und haben mich an einen Regenbogen erinnert. Die haben wie ein Mosaik ihre Formen geändert und sich zu einem magischen Bild verwandelt. Es war so schön, so wunderbar, es war faszinierend. Es war wie im Märchen, ein Märchen voller Wunder und Magie. Das war mein Märchen. Als Kind haben wir so ein Röhrchen gehabt, und wir haben es gedreht, und seine einzigartigen Bilder bewundert. Die waren genauso bunt und schön wie in meinem Traum. Aber dieses Mal waren die wie echt. Dieses Mal konnte ich die sogar fühlen. Ich konnte die bunten, leuchtenden Farben spüren und ich konnte mit denen reden und lachen. Die haben mich mitgenommen zu einer zauberhaften Welt und wir haben getanzt und getanzt und waren zusammen glücklich. Es war meine Welt, es war mein Tanz. Es war eine Welt voller Zauber und Überraschungen.

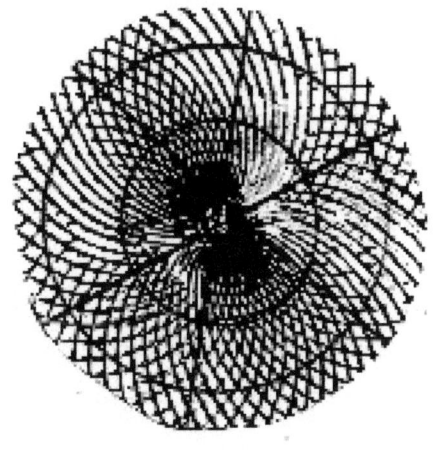

Zeichnung: Narek Samvelian

Es war eine Welt voller Liebe und Leidenschaft. Es war Kunst der Magie. Es war Kunst der Liebe. Ich bin aufgewacht und konnte den Boden unter meinen Füßen nicht spüren. Ich war noch weit weg, weit in meinem Traum und fühlte mich frei und glücklich. Ich dachte ja, ihr seid meine Steine, ihr seid mein Leben, ihr seid meine Welt. Es geht mir mit euch gut und so soll es auch bleiben.

„Mein Herz in Träumen Wunder sieht, was nie geschah und nie geschieht".

Bernhard Freidank

Ich habe das geschrieben, habe es in die Tasche gesteckt und bin losgefahren. Es hat so stark geregnet, dass ich nicht damit gerechnet habe ihn zu treffen, aber ich wollte es ausprobieren. Und wer kommt mir entgegen? Wen sehe ich denn da? Er kommt mir tatsächlich entgegen und das ohne einen vereinbarten Termin oder Absprache. Es ist unglaublich, es ist unmöglich, aber es ist wahr, das ist er, mein Unbekannter. Er steht auf der Straße, wo sonst keiner ist und es sieht so aus, als ob er auf mich wartet. Wir haben beide gelacht und es ging uns gut.

War das auch ein Zufall? Nein, es war keiner. Zufälle gibt es nicht. Es ist so, als ob wir uns fühlen können. Wir haben eine trockene Stelle gesucht, wo wir ungestört reden konnten. Ich habe das gelesen und er hat mir zugehört.

Dann sagte er mir, Hut ab Alisa, Hut ab vor dir. Du machst gerade Offenbarungen. Ich weiß es nicht was er damit meint, aber ich weiß, dass ich ihm trauen kann.

„Der Mensch, das sonderbare Wesen: mit den Füßen im Schlamm, mit dem Kopf in den Sternen."

Else Lasker-Schüler

Das Rätsel

Ich kam nach Hause und war total nass. Ich habe ganz schnell geduscht und etwas Warmes angezogen. Als ich in der Küche war, entdeckte ich einen Brief auf dem Tisch ohne Adresse. Ich dachte, dass er mit der Absicht dort liegt, sodass ich ihn finden kann. Als ich ihn aufgemacht habe, konnte ich meinen Augen nicht glauben: Es war ein Buch mit dem Titel „Wissenschaft der Spiritualität". Ich war einfach sprachlos. Ich dachte, er hat diesen Brief in meinen Briefkasten geschmissen und will mir damit etwas sagen. Will er mich in seine Welt hineinziehen? Nein, ich möchte aber mit ihm nichts zu tun haben. Ich will weder spirituell noch sonst irgendwie sein. Ich bin wie ich bin und es ist auch gut so. Ich war so wütend, so sauer. Ich konnte meinen Platz nicht finden. Was will er von mir und wer ist er überhaupt?

Ich kenne ihn doch gar nicht und möchte meine Ruhe haben. Steckt er wirklich hinter der ganzen Geschichte, oder bilde ich mir das nur ein? Aber bevor ich mich verrückt mache rufe ich ihn lieber an und frage ob er damit etwas zu tun hat. Als ich ihn angerufen habe, war er selbst sehr überrascht und konnte mir es nicht erklären. So habe ich ihm geglaubt.

„Alle anziehenden Leute sind immer im Kern verdorben. Darin liegt das Geheimnis ihrer sympathischen Kraft."

Oscar Wilde

Meine Vision

Ich wollte daran nicht mehr denken, aber ich konnte es auch nicht vergessen. Ich wollte schlafen, aber ich konnte nicht. Ich wollte mich auf etwas anderes konzentrieren, aber es ging nicht. Mein Herz hat gerast und ich war sehr aufgeregt. Obwohl es nicht so kalt war, habe ich gefroren und habe gezittert. Ich war so müde, zu schwach um aufzustehen. Dann habe ich meine Augen zu gemacht und seine Stimme gehört. Ich habe seine Augen direkt vor mir gesehen, groß, rot und unheimlich. Es war so, als ob er da ist und wollte mir etwas sagen, aber ich konnte ihn nicht verstehen. Ich habe seinen Atem gespürt und habe versucht mich von ihm fernzuhalten. Ich wollte ihn nicht mehr sehen, aber er war da. Es war so dunkel, so eng, es hat sich so angefühlt, als ob ich in der Hölle bin. Aber ich war zu Hause, zu Hause allein im Bett und habe noch nicht mal geschlafen. Ich war wach und es war kein Traum, aber es hat sich wie echt angefüllt und ich konnte ihn spüren. Dann habe ich ein „Piep" gehört, so wie ein Wecker Piep-Piep-Piep, drei Mal hintereinander und es war alles vorbei. Alles ist verschwunden als ob es auch nie war.

Ich habe schon gelesen, dass es eine universelle Intelligenz gibt in unserem Unbewusstsein und sie macht mit uns was sie will. Aber die erschaffen wir uns selbst. War das auch meine, oder verliere ich langsam die Realität? Ich weiß es wirklich nicht, aber was es auch immer war, es war nicht real.

„Und wenn man glaubt es geht nicht mehr, dann kommt von irgendwo ein Lichtlein her."
„Und mit Willen, Kraft und Mut, wird dann alles wieder gut."

Rainer Maria Rilke

Ein Traum der vergessenen Träume

Ich war sehr müde und bin sofort eingeschlafen. Meine Gedanken haben mich von mir weggenommen. Die haben mich in eine vergessene Welt gebracht. Ich war ein Schmetterling und konnte fliegen. Ich bin geflogen von Blume zu Blume, von Baum zu Baum und habe den Frühling genossen. Es war so schön, so warm. Es hat so toll geduftet, so angenehm und frisch. Es war der Duft des Frühlings. Dann habe ich eine nette, süße Stimme gehört. Es hat sich so angehört, als ob ich die schon kenne. Ich habe mich gedreht und habe mitten in dem Feld meine Tochter gesehen. Sie hatte einen Teller in der Hand und hat versucht den in der Luft zu drehen, wie im Zirkus, wo wir so oft zusammen waren. Sie hat es ausprobiert und sich gefreut, dass sie es kann. Als ich den Teller wegnehmen wollte sagte eine andere Stimme, lass es Alisa, lass sie machen was sie will. Sie ist ein kluges Mädchen und weiß, was sie tut. Sie hat den Teller genommen und wie eine Blume dekoriert. Sie hat tausende rote Blätter gesammelt und im Teller eine große, hübsche Rose gebastelt. Die war so schön, so geschmackvoll. Ich war einfach sprachlos und war glücklich ohne Ende.

Zeichnung: Narek Samvelian

Dann sagte die Stimme, siehst du Alisa, sie ist selber eine Blume und weiß was sie tut. Sie hat den Teller zu einer „Lebensblume" verwandelt.

Ich bin aufgewacht und hatte so eine gute Laune. Ich konnte tanzen, ich konnte singen, ich konnte wie in meinem Traum fliegen. Meine Träume machen mich glücklich und es ist wunderschön. Dann habe ich auf die Uhr geguckt, es war 5:55. Ich habe gelächelt, das ist die Zahl des Sieges. Ich bin aufgestanden und wollte schreiben, der Kugelschreiber war rot. Als ich weiterschreiben wollte war die Tinte alle. Ich habe einen anderen Kugelschreiber genommen, der war auch leer. Als ich den letzten Satz geschrieben habe, war das Papier auch alle. Verflucht, das kann doch nicht wahr sein.

Die Zeichen können sprechen, man muss es nur verstehen.

Das Aufwachen

„Um ruhig zu sein muss der Mensch nicht denken, sondern träumen".

Johan Jakob Engel

Aber Phantasie ist etwas was manche Leute sich gar nicht vorstellen können.
Es ist alles so nah, aber auch so weit.
Tief in meinem Herzen bin ich immer noch das Kind, das in den Arm genommen werden möchte. Meine Freunde sagen, Alisa, du bist endlich vom Schlaf aufgewacht. Ja, es ist richtig, ich bin wieder da.
Ich kann wieder lachen, ich kann wieder freuen.
Ich kann wieder fühlen und mich bemühen.
Ich kann wieder spüren ohne zu berühren.
Ich kann wieder schlafen, ich kann wieder träumen. Ich kann meinen Träumen in meinem Traum folgen.
Das ist die Freiheit, das ist meine Welt.

Ich bin wieder glücklich in meiner inneren Welt.

Ich will nicht mehr denken,

ich will nicht mehr schreiben.

Ich will leben und leben lassen.

Zeichnung: Narek Samvelian

Mein Freundeskreis

„Lebe Deinen Traum und verträume nicht Dein Leben".

Horst Bull

Ich habe mich entschieden meine Freunde wieder zu treffen.
Treff 2. Ich habe meine Herzensfreundin schon Monate nicht gesehen und hatte so eine Sehnsucht nach ihr. Sie ist meine pummelige, süße Opernsängerin, die ich über alles liebe. Wir haben zusammen so eine wunderbare Zeit verbracht und haben so viele Erinnerungen miteinander. Wenn wir uns treffen sind wir stundenlang nur noch am Lachen. Wir können reden und reden und haben nicht genug voneinander. Wir kennen uns schon seit ich in Deutschland bin, und teilen uns nicht nur das Schöne, sondern auch das Schwierigste

miteinander. Wir erzählen uns alles und erleichtern damit unsere Seele. Ich sage immer, das Problem ist unser Problem.

Wenn ein Problem da ist, müssen wir es lösen. Bis dahin müssen wir uns aber gedulden und das ist nicht so einfach. Dafür sind auch die Freunde da und gemeinsam sind wir stark. So haben wir gesprochen und gesprochen und es ging uns gut.

Treff 3. Ich habe auch mit einem alten Bekannten Kontakt aufgenommen, der seinen Platz in meinem Herzen als Freund eingenommen hat. Er ist ein Rechtsanwalt und hat mich ständig unterstützt als ich ihn gebraucht habe. Er hat mir gesagt, Menschen wie wir dürfen sich nicht festbinden. Wir lieben das Leben so sehr, dass wir keine Zeit für jemand anderen haben. Es ist aber nicht so. Ich liebe das Leben, aber ich liebe auch alles was dazu gehört. Außerdem, die Dinge ändern sie sich und ich kann zurzeit nicht das machen was ich will, sondern ich mache das, was ich machen muss. Das ist die Verantwortung, die ich früher nicht hatte. Als wir uns getroffen haben, haben wir uns stundenlang unterhalten, sodass wir das Zeitgefühl verloren haben.

Es war so schön, so toll. Es hat mich wieder so aufgebaut. Die Stärke, die er besitzt, ist einzigartig. Ich kriege so viel Energie von ihm und die Energie ist mein Antrieb.

Treff 4. Ich habe heute noch mit einem Jugendfreund telefoniert. Er lebt in Armenien und ist das Beste, was mir je passieren konnte. Wir kennen uns sehr lange und verstehen uns ohne Worte. Heute habe ich ihn angerufen und wir haben viel gequatscht. Wir haben erzählt und erzählt und hatten immer noch nicht genug voneinander. Ich habe ihn so vermisst und konnte ihn in den Arm nehmen, aber er war leider weit weg. Trotz der Entfernung, er ist und bleibt der beste und der treueste Mensch in meinem Leben. Ich kriege von ihm die Wärme und habe das Gefühl, dass ich durch ihn alles und jeden liebe in dieser Welt.

Treff 5. Dann habe ich Hanna und Heiner besucht, meine zweite Familie in Deutschland. Die sind meine Trauzeugen und sind die besten Menschen die ich hier getroffen habe. Die sind immer auf meiner Seite und haben ein großes Vertrauen zu mir. Sie haben alles für mich gemacht, alles für mich und für meine Familie. Die haben sogar sich um meinen kleinen Bruder gekümmert, als er bei ihnen gewohnt hat, und haben ihn wie ein eigenes Kind behandelt. Dank der beiden haben wir das erreicht, was wir heute sind. Ich bin so glücklich, dass ich sie habe. Wir sind sehr miteinander verbunden. Wir besuchen uns gegenseitig, sobald wir es können. Ich habe sie schon vermisst und war froh, dass ich die beiden wiedersehen konnte. Ich freue mich, dass es solche Menschen gibt, und dass ich sie getroffen habe. Ich habe von den beiden nur gutes gelernt und habe mich mit ihnen sehr wohl gefühlt. Er hat mir immer gesagt, „Alisa, es ist nie zu spät." Und heute, als ich ihn gefragt habe, ob ich es schaffe, hat er mir gesagt, „Alisa, so, wie ich dich kenne, hast du bis jetzt alles geschafft und das schaffst du auch noch." Ja, klar, irgendwie geht es immer weiter. Aber dieses Mal habe ich ein Gefühl, ich kriege es nicht alleine hin. Ich brauche euch wie Luft und Wasser. Ich brauche euch jetzt wie niemals zuvor. Ich danke euch für alles, was ihr getan habt, und dass es euch gibt. Ihr seid und bleibt meine Familie in Deutschland.

Treff 6. Als ich einigermaßen klar denken konnte, habe ich das Ganze meiner Schwägerin erzählt. Ich habe gehofft, dass sie eine Erklärung für mich hat. Sie ist anders als ich und kann nicht nur „fliegen", sondern hat auch den Boden unter den Füßen.

So habe ich:

von Michi die **Erklärung,**

von meiner Freundin die **Leichtigkeit,**

von dem Rechtsanwalt die **Stärke,**

von Johnny die **Liebe,**

von Hanna und Heiner die **Unterstützung**.

und von meiner Schwägerin das **Vertrauen.**

Es war so großartig, so wunderbar. Ich bin so froh, dass ich die habe. Dank ihnen bin ich wieder ich selbst. Ich bin wirklich vom Schlaf aufgewacht und fühle mich wie neu geboren. Ich weiß, dass ich ohne euch nicht das geschafft hätte, was ich heute bin.

Wir dürfen nicht vergessen, alles, was wir erreichen und alles, was wir sind, haben wir uns selbst zu verdanken.

Das Treffen

Ich habe mich entschieden meinen „Unbekannten" mit meinen Freunden bekannt zu machen. Ich weiß es nicht warum, aber mein Gefühl hat mir gesagt, dass irgendetwas passieren würde. Ich habe lange auf diesen Tag gewartet und gestern war es soweit. Wir saßen zusammen in einem kleinen „Cafe´" und warteten auf meinen neuen Unbekannten. Es war ganz spannend. Dann ging die Tür auf und er kam rein. Zuerst war er sehr ruhig und ausgeglichen, aber nach einer Weile ist er durchgedreht. Seine Augen waren wieder rot wie damals und seine Wangen haben geglüht. Er hat gelacht, hat versucht lustig zu sein und hat komische Witze erzählt. Es hat nicht lange gedauert, als er zu mir kam, und hat gesagt, dass er einen Arzt braucht. Ich habe ihm ja fast geglaubt, aber in Wirklichkeit meinte er, dass er sich nicht wohl fühlt mit uns zusammen und will schnellstmöglich nach Hause.

Die Gespräche mit anderen haben ihm gar nicht gefallen und er hat sich benommen, wie ein Komiker. Er war wie ein Hund ohne Leine, wie ein Pferd ohne Sattel. Ich habe so gelacht, habe mich so amüsiert. Endlich kann ich ihn so erleben, wie er wirklich ist. Aber er ist kein wilder, ist ein netter Kerl, nur er war etwas durcheinander. Ich musste lachen, wie er so getanzt und sich gedreht hat, mit seinem Schirm, wie Charles Chaplin.

„Wir brauchen uns nicht weiter vor Auseinandersetzungen, Konflikten und Problemen mit uns selbst und anderen fürchten, denn sogar Sterne knallen manchmal aufeinander und es entstehen neue Welten. Heute weiß ich, das ist das Leben."

Charles Chaplin

Es hat einfach nicht geklappt. Er kam wie ein „Engel" und ging wie ein „Teufel". Alle waren sehr unterschiedlich und haben zueinander nicht gepasst.

Ich bin nach Hause gegangen und konnte nicht mehr aufhören daran zu denken. Einerseits war es so lustig, andererseits, ganz verrückt. Warum? Wieso? Kann ich nicht erklären, aber manchmal passieren Dinge, die man nicht erklären kann.

Ich habe später für ihn zwei chinesische Kugeln gekauft und ein Gedicht geschrieben. Es stand:

Wir sind wie eins, aber sind wir keins.
Die Welt ist deine,
aber die hast du nicht in der Hand.
Ich schenke dir zwei Kugeln und die sind wie eins.
Eine gehört dir und die andere ist meins.
Aber nur, wenn du die drehst, kannst du sie hören
und deren harmonischen Klang bewundern.
Das ist die Musik, die du selber machst,

aber nur, wenn du die beide Kugeln
miteinander hältst.
Gib deine Hände und nimm die Kugeln,
dann kriegst du vielleicht auch die Flügel.
Dass du sehr bald auch fliegen kannst
und deine Blume selber suchen kannst.

Das gemeinsame Treffen hat nichts gebracht, aber es hat etwas in meinem Leben verändert. Ich fühle mich frei und glücklich und bin wieder „Ich selbst."

„Der Mensch ist gerade so glücklich, wie er sich zu sein entschließt".

Abraham Lincoln

Meine Lebensformel

Heute saß ich in einem Friseursalon und habe gegrinst. Ich habe mich an jemanden erinnert, der mich mein ganzes Leben begleitet hat. Ich hatte ein glückliches Lächeln auf meinem Gesicht und konnte ihn spüren. Ich konnte mit ihn aus der Ferne reden und sogar seine Nähe fühlen. Wir haben uns aus den Augen verloren, aber ich habe ihn für immer in meinem Herzen und ich vermisse ihn so sehr.

44 Jahre lang hat er meinen Weg erleuchtet und jetzt brauche ich ein neues Licht, dass mich die nächsten 44 Jahre begleitet. Aber warum 44?

Ich bin schon 46, dann sind das 92(46+46).

Nein, die letzten 2 Jahre möchte ich nicht mitzählen. Die habe ich von meinem Leben gelöscht. Dann sind das nur 44(46-2). So werde ich 92, aber nur 88 davon glücklich. Und warum 88?

Weil die Vergangenheit sich wiederholt:

(46-2) + (46-2) = 88.

88? Schon wieder ein Zeichen vom Ewigen Leben, sogar zweimal Ewig „8" und „8". Das ist ja fantastisch. Ich werde also die nächsten 44 Jahre glücklich und zufrieden das Leben genießen. Ich musste lachen. Ich habe gerade meine Lebensformel entdeckt:

(46-2) + (46-2) = 88

Es passieren in letzter Zeit komische Dinge, aber die machen mich glücklich. Es geht mir gut und ich habe ein gutes Gefühl dabei. So, wie heute, beim Arzt, als ich den Zettel für die Mandel OP meiner Tochter bekommen habe. Es waren laufende „8" n auf dem Zettel:

Termin:	**am 08.08, 8.00 Uhr**
Adresse:	**Glücksring 88**
PLZ:	**20288 Hamburg**
Tel:	**808068888**
Fax:	**808666888**

Ich habe nur drauf geguckt und es war mir klar, dass alles gut laufen würde. Ich war so glücklich, so erleichtert, hatte keine Angst mehr und wollte es unbedingt jemanden erzählen. So habe ich ihn angerufen. Da sagte er mir,

Alisa, du fängst an deine Gedanken zu lesen.

Ja, es ist richtig, ich kann mich hören,
ich kann mich fühlen.
Ich kann meine innere Stimme wieder spüren.
Es ist in mir, es ist an mir.
Ich habe sie wiedergefunden.
Ich habe mein Licht wiedergefunden.
„Suchen sie nicht nach Licht, leuchten sie selbst."
„Es gibt nur einen Grund, warum Menschen nicht haben, was sie wollen: Weil sie mehr an das denken, was sie nicht wollen, als an das, was sie wirklich wollen".

Rhonda Byrne

Wenn wir Jung sind, verstehen wir nicht was wir tun, aber wir tun das richtige. Wenn wir erwachsen sind, wollen wir alles richtig machen, aber machen vieles falsch. Und warum ist es so?

„Was einer mit zwanzig weiß, beginnt er mit vierzig zu verstehen."

Wir machen uns zu viele Gedanken und haben zu viele Ängste. Ängste über unser Heute und Ängste über unser Morgen. Wir machen uns verrückt und denken ständig über unsere Zukunft nach. Aber was ist die Zukunft?

„Zukunft, das ist die Zeit, in der Du bereust, dass Du das, was Du heute tun könntest, nicht getan hast."

Arthur Lassen

Die Lebensspirale

„Man hat Zeit genug, an die Zukunft zu denken,
wenn man keine Zukunft mehr hat."

Georg Bernard Shaw

Als ich mich heute schlafen legte, habe ich etwas Unglaubliches geträumt. Ich war im Park. Es waren viele Attraktionen und Karusselle, bunte Lichter und Luftballons. Die haben ständig ihre Farben und Formen gewechselt und haben geleuchtet wie ein Feuerball. Es waren zahlreiche Menschen überall, laute Musik und eine gute Atmosphäre. Es war so schön, lustig, eine richtig große Party.

Ich war in der mittendrin und bin von einem in das andere Karussell gesprungen. Die haben sich gedreht und gedreht und ich hatte viel Spaß dabei. Nach einer Weile war es mir genug und ich wollte es nicht mehr, aber es hat sich nicht mehr aufgehört zu drehen und war immer schneller. Mir war schlecht, ich konnte nicht mehr, aber es hat sich gedreht und gedreht und ich konnte mich nicht befreien. Ich habe meine Augen zu gemacht und die Kontrolle über alles verloren. Es hat sich so angefühlt wie ein großer Sturm, wie ein Hurrikan, der alles mit sich nach oben nimmt. Als ich schon ganz oben war, habe ich die Hoffnung verloren und konnte mich nicht mehr retten. Als ich keine Kraft mehr hatte, habe ich mich gehen lassen. Dann war alles vorbei. Vorbei als ob es auch nie war.

Zeichnung: Narek Samvelian

Ich bin aufgewacht und konnte noch mein Herzklopfen hören. Es war alles so Real, dass ich nicht glauben konnte, dass es nur ein Traum war.

Aber es war eine und es hat sich so angefühlt wie eine echte. Ich habe ein Stück Papier genommen und habe versucht es anzumalen. Es sah aus wie eine Spirale, eine unendliche Bewegung. Ich habe meinen Traum meiner Schwägerin erzählt und habe gesagt, dass ich so froh bin, dass es nur ein Traum war. Die Tage sind vergangen und ich habe darüber vergessen, aber als ich mit meiner Freundin spazieren gegangen bin, habe ich ein Zeichen auf der Straße gefunden, die genauso aussah wie der Kreis in meinem Traum.

Ich habe es hochgehoben und in meine Tasche gesteckt. Ich dachte, ich bewahre es lieber auf, es hat bestimmt wieder eine Bedeutung.

Zeichnung: Narek Samvelian

Nichts geschieht grundlos.

Dann bekam ich einen Anruf. Es war meine Schwägerin. Sie hat mir gesagt, dass ich das Fernsehen anschalten soll. Ich habe es gemacht und war sehr überrascht. Es lief ein Film über „Alice in Wunderland" und der Sturm in ihrem Traum sah genauso aus wie in meinem. Als Alice um Hilfe bat, sagte die Stimme, „Wach auf du Alice, wach auf. Du bist schon gerettet, das ist nur ein Traum." Es war interessant und ich war ganz neugierig. Warum finde ich so einen Kreis worüber ich geträumt habe? Und warum läuft so ein Film, als ob ich in meinem Traum bin? Ist das auch einen Zufall? Das sind wirklich zu viele Zufälle in die letzte Zeit.

Ich habe das Zeichen rausgeholt und habe nochmal ganz genau angeguckt. Man konnte ihn drehen und es hat sich bewegt. Drehte man ihn nach rechts, ging die Spirale aufwärts. Drehte man ihn nach links, dann ging es abwärts. Ich habe schon wieder keine Erklärung dafür. Verdammt, warum passieren ausgerechnet mir solche Sachen und warum hört es endlich nicht auf? Ich möchte es wissen, ich brauche Antworten.

Als ich zur Ruhe kam, habe ich im Internet gesucht, und habe sofort ein passendes Zeichen dafür gefunden. Eine Spirale, die genauso aussieht wie meine. Man nennt es die „Lebensspirale". Dann habe ich weitergelesen, es stand:

Das ist ein Hypnose-Zeichen.

Eine unendliche Bewegung.

Das ist eine Anleitung von Selbstheilung.

Einleitung zur Befreiung von allen Problemen im innen und außen.

Was geschieht mit mir? Stehe ich unter Hypnose? Dann habe ich weitergelesen, es stand:

Ich schenke und empfange,

Ich breite aus und nehme an.

Meine **Liebe** umfasst alle Welten und alle Wesen, aber niemand kann **mich** erfassen.

Ich bin Symbol für das namenlose Herz, das alles schafft. Ich habe nur drei Wörter gesehen:

Ich liebe mich.

Dann habe ich weitergelesen. Es stand:

Liebe ist mein Ausgang,

Liebe ist meine Bewegung,

Liebe ist mein Antrieb,

Liebe ist mein Ziel.

Ja, es ist richtig, es ist wirklich so, aber kann das sein, dass ich nur das sehe, was ich sehen will? Was es auch ist, kann ich nicht erklären, aber ich kann es fühlen. Ich fühle es in meinem Herzen und bin glücklich darüber. Ich habe meine Gitarre genommen und angefangen zu spielen. Ich habe gespielt und gespielt, gespielt und gesungen. Meine Finger haben schon weh getan, aber ich konnte nicht aufhören zu spielen. Es war so schön, so traumhaft, wie in alten Zeiten, als ich mit Freunden zelten war und als wir bei einem kleinen Feuer saßen. Ich war richtig glücklich und hatte so eine gute Laune. Dann habe ich weitergelesen.

Das Zeichen ist als ein Universal Symbol bezeichnet.

Das ist Schöpfung,

Rückkehr zur Einheit,

Licht,

Weg der Verinnerlichung,

Vergangenheit,

Irrens oder Verlierens und des Wiedererfindens,

Einheit von Denken und Sein,

von Leben und Tod,

Polarität,

zentrale Bewegung.

Ja, das ist richtig, ich habe auch das Gefühl, dass ich mich wiedergefunden habe. Ich habe meine Gedanken wiedergefunden. Ich habe meine innere Stimme wiedergefunden. Ich habe mich selbst wiedergefunden.

Ich kann auf mich hören
und mein Herz wieder spüren.
Ich kann mich fühlen
und meine Gedanken steuern.
Ich kann mich selbst wieder verstehen.
Ich kann wieder fliegen und Neues entdecken.

Ich kann mein verlorenes „Ich" zurück zu mir

bringen.

Das ist die Freiheit, die ich empfinde.

Das ist die Freiheit, die ich mir schenke.

Ich schenke mir Liebe, ich schenke mir Glück.

Ich schenke mir Freude und lebe gesund.

Die Vergangenheit ist Geschichte,

die kann man nicht zurückdrehen,

aber man kann die schönsten Momente in der

Erinnerung behalten.

Wenn man keine Freude am Leben hat, würde das

Leben auch keine Freude machen.

„Die Hoffnung verlässt dich nie, du verlässt sie."

George Weinbery

Die Antwort

Ich habe nach Antworten gesucht und habe mich gefunden.

Ich habe mein verlorenes „Ich" wiedergefunden.

Unsere Freiheit liegt darin, dass wir frei denken können und unsere Gedanken frei erfinden können. Wir können die fühlen, wir können die spüren und wir können uns „Selbst" immer wieder folgen. Die Gedanken sind etwas Schönes und wenn man die Fähigkeit hat das Schöne zu erkennen, wird der Himmel auf die Erde erleben.

Ich habe das Schreiben in den Rucksack gepackt, mein Fahrrad genommen und bin losgefahren. Das erste Mal hatte ich sogar einen Termin mit meinem „Unbekannten". Als ich ihn traf, war er sehr glücklich darüber, dass ich ihn angerufen habe. Ich habe es für ihn gelesen und er hat mir zugehört. Er hat sich gefreut, dass es mir wieder gut geht und wir haben viel über dieses und jenes gesprochen, über die Sachen, die man nicht erklären kann. Wir waren so in unseren Gesprächen vertieft, dass wir nicht bemerkt haben wie die Zeit flog. Dann kam ein Anruf. Wir haben uns gerade einen Kaffee geholt, als es geklingelt hat. Allein der „Ton", die Art und Weise. Warum tue ich mir das an? Warum lasse ich es nur zu? Schluss Ende Aus. Ich kann es nicht mehr hören, ich mache es nicht mehr mit. Ich war so wütend, so sauer, aber ich hatte keinen Einfluss und konnte nichts ändern. Unterwegs ist mein Rucksack hängen geblieben und war kaputt. Etwas später habe ich bemerkt, dass mein Fahrrad einen Platten hat.

Verdammt, was geschieht mit mir?
Es geht schon wieder alles schief,
was schiefgehen kann.

Ein „Ende" ohne Ende

Als ich zu Hause war, war ich so frustriert, dass ich meinen Platz nicht gefunden habe. Ich wollte einfach mit jemandem reden und habe meinen „Unbekannten" angerufen. Da sagte er mir, dass er mit mir nicht sprechen will. Ich soll seine Nummer löschen und ihn nicht mehr anrufen. Was ist nun jetzt los? Was stimmt hier nicht? Wir waren doch eben zusammen und haben uns so gut verstanden. Wir haben alles geklärt und waren glücklich und zufrieden. Ach, ich muss es auch nicht verstehen. Ich habe doch selbst geschrieben

>„Er ist Jemand, der Niemand ist".
>„Er ist einer, der keiner ist".

So werde ich ihn auch nicht vermissen. Das, was ich nicht wusste, er war gezwungen mit mir so zu reden. Er dürfte mich weder sehen noch mit mir unterhalten. Ich habe ihm einen Brief geschrieben und habe von ihm nie wieder etwas gehört. Es stand:

> Wir sind die Sterne, wir sind das Licht.
> Wir lieben das Leben so, wie es uns liebt.
> Wir sind das Netz, wir sind die Magneten,
> wir halten die Welt in unseren Händen.
> Wir sind das Unsichtbare, wir sind die „Venus".
> Unser Ziel ist die Liebe und die Liebe ist in uns.

Er kam von nichts und ging wie nichts, geblieben sind nur Erinnerungen.

„Die Erinnerung ist das einzige Paradies, aus dem man uns nicht vertreiben kann."

Jean Paul

Ein neuer Anfang

Meine Entdeckungsreise war zu Ende, aber es war mir noch nicht klar wo ich stehe und wohin hat mich das Ganze gebracht.

„Wenn das Auge nicht sehen will, so helfen weder Licht noch Brille".

Deutsches Sprichwort

Heute ruft mich eine Freundin an und fragt ob ich an Wiedergeburt glaube. Und ob ich es glaube? Wir kennen uns schon 14 Jahre und sie fragt mich erst jetzt, ob ich daran glaube? Ich habe schon mal gelesen, dass wir niemals ein Nichts sein können. Unsere Seele ist wie ein Schmetterling, der von Blume zu Blume fliegt. Das ist das Unsichtbare, die wir nur fühlen können. Ob unser Körper die Blume ist und ob die Wiedergeburt möglich ist? Es ist alles möglich, wir glauben, was wir glauben wollen. Es gibt auch vieles, woran wir glauben, obwohl wir es nicht erklären können, wie zum Beispiel unser Unbewusstsein, unsere Träume, die Erinnerungen. Es hängt alles irgendwie zusammen, das ist unsere innere Welt. Unsere Gefühle sind unser innerer Kompass, die zeigen uns immer den richtigen Weg. Wir können es nicht sehen, aber wir können es spüren. Die „Alten Mönche" konnten sogar die Seele von Neugeborenen einordnen. Ob das auch stimmt? Wir sind aus Energie und die Energie kann nicht verschwinden. Es wandelt sich nur um und wir können niemals ein nichts sein. Der Glaube hilft uns einfach weiter zu leben und ich habe Vertrauen an das, was ich glaube.

Juni 2015

Mein neuer Unbekannter

Ich habe schon längst vergessen was im Mai 2013 war, aber gestern habe ich jemanden getroffen, der mich wieder an das erinnerte. Ich war draußen, vor unserem Cafe´ und es kam ein Nachbar auf mich zu und sagte, dass er schon lange hier wohnt und mich jeden Morgen beobachtet. Er sagte, dass er sieht, wie ich mit meiner Tochter raus gehe und dass er auch eine kleine Tochter hat. Dann fragte er mich, ob die beiden miteinander spielen können. Nein, danke, so fängt immer alles an. Ich habe das schon mal gehabt und möchte es nicht noch mal erleben. Damals hat das genauso angefangen und ich will mich daran nicht mehr erinnern. Dann sagte er, dass er auch ein Musiker ist und kennt denjenigen, über den ich rede. Die sind beste Freunde und sind die besten Väter der Welt. Na toll, warum lerne ich keine „besten Mütter" kennen?

Ein paar Tage später bekam ich einen Anruf von einem Freund von mir, den ich seit 30 Jahren nicht gesehen habe. Wir kannten uns noch von der Studienzeit und haben zusammen „philosophiert". Er hatte immer seine eigene Meinung über alles gehabt und hat es super argumentiert. Ich dachte, dass aus ihm ein großer Wissenschaftler wird, aber nein, er hat den Faden verloren. Obwohl er so klug war, konnte er mit seinem Leben nichts anfangen. Als wir telefoniert haben, hat er gesagt, dass er ganze Zeit versucht hat mich zu finden. Er hat immer nach mir gesucht bis es ihm gelungen ist. Ich habe mich gefreut, dass er mich nicht vergessen hat. Wir haben schlussendlich eine schöne Jugend miteinander gehabt. Nur, er hat mich verloren bevor er mich gefunden hat, weil er sein Leben mit mir schon geplant hat bevor er mich gesucht hat.

Ich bin aber glücklich mit meinem Jetzt und bin nicht bereit irgendetwas zu ändern. Meine Freunde sagen, Alisa, herzlich willkommen in einer beziehungsfreien Phase. Aber ich bin nicht allein. Ich lebe mit und ohne ihn. Wenn man ohne Beziehung nicht glücklich ist, kann man es auch nicht mit Beziehung sein. Das Glück ist in jedem von uns, wir müssen es nur fühlen.

Ich habe meine Vorstellungen vom Leben geändert und habe damit auch mein Leben verändert.

„Wenn sie ein Problem mit einem Menschen haben, können sie sein Problem nicht ändern. Doch sie können ihr Problem ändern und damit verschwindet vielleicht auch seines".

Ruediger Schache

„Wenn Du das Problem nicht lösen kannst, dann löse Dich von dem Problem."

Georg Willhelm Exler

Juli 2015

Das Geheimnis in uns selbst

„Liebe zum eigenen Leben ist es zu erkennen, dass Sie das, was Sie wirklich lieben, bereits in sich tragen und um sich haben".

Ruediger Schache

Die Tage sind vergangen und wir haben jetzt schon Juli. Vor Kurzem habe ich ein Buch gefunden, das mich wieder an das Jahr 2013 erinnert hat. Das sind Erkenntnisse von 24 renommierten Weisheitslehrern und ist über die Anziehungskraft. Das ist das Buch vom Rhonda Byrne und heißt „Das Geheimnis". Es gibt uns Anleitung unser Leben glücklich und erfüllter zu gestalten und zeigt uns, wie wir unsere Gedanken und Verstand miteinander verbinden können. Es steht, dass die Gedanken magnetisch sind und ziehen alles, was von uns ausgesandt wird, wieder zu uns zurück. Freude bringt Freude und Pech bringt Pech. Es liegt alles an unserer Ausstrahlung.

„Gedanken senden ein magnetisches Signal aus, welches die Entsprechung zu Ihnen zurückzieht".

Dr. Joe Vitale

Alles kehrt zum Ursprung zurück, zurück zu uns.

„Sehen sie sich selbst, wie Sie in Fülle leben, und Sie werden das anziehen."

Bob Proctor

„Unsere Gedanken und unsere Gefühle erschaffen unser Leben".

Lisa Nichols

Deswegen dürfen wir die positive Energie nicht mit der negativen tauschen. Wir dürfen unsere Freude nicht mit Wut tauschen. Wir dürfen nie an dem, was wir tun, zweifeln.

„Alles, was wir sind, ist ein Resultat dessen, was wir gedacht haben".

Buddha

Unserem Denken, Sprechen und Handeln dürfen unsere Wünsche nicht widersprechen. Wir müssen an das, was wir tun, richtig fest glauben. Wir müssen ein Gleichgewicht von Wollen und Glauben erschaffen. Alles, was wir uns wünschen ziehen wir selbst an. Wir kriegen das, was wir geben und wir geben das, was wir haben. Das ist das Geheimnis der Anziehungskraft, wir ziehen das an, was wir sind. Das ist der Grund, warum Menschen zu Gleichen finden und das ist der Grund warum Menschen sich auf dem ersten Blick verlieben.

„Liebe ist die Anziehungskraft des Geistes."

Valentin-Marie Breton

Ohne Liebe ist unser Körper geistlos und hat etwas animalisches in sich. Wenn wir jung sind, denken wir nur an die Liebe und tun nur das, was uns Spaß macht. Wenn wir erwachsen sind, denken wir nur an das Haben und sind traurig, wenn wir es nicht bekommen.

Die menschliche Gier ist aber grenzenlos. Wir können uns nicht freuen über das, was wir haben, sondern wollen immer das, was wir noch nicht haben. Wir machen uns damit selbst unglücklich und fangen an zu streiten. Wir streiten, weil wir nicht argumentieren können. Wir streiten, weil wir es nicht lassen können. Streit bringt Streit und die Probleme bringen noch mehr Probleme mit sich. So fängt das Leben an sich zur Hölle zu verwandeln und wir verlieren unser Gleichgewicht. Unsere Lebensspirale fängt an in die falsche Richtung zu drehen und wir verlieren langsam alles, was wir haben, unsere Freude, das Vertrauen und die Hoffnung.

Aufwärtsspirale	Abwärtsspirale

Zeichnung: Narek Samvelian

Wunder treffen ein wenn wir aufhören zu kämpfen. Unsere Ausstrahlung besteht aus unseren Gefühlen, deswegen dürfen wir die schlechten Gefühle an uns nicht heranlassen. Wir dürfen unsere Freude am Leben niemals verlieren. Wenn wir Freude ausstrahlen, kriegen wir Freude. Wenn wir Liebe ausstrahlen, kriegen wir Liebe. Das Wollen und das Haben sind nicht weit voneinander entfernt. Wir müssen uns nur gedulden. Wenn wir etwas wirklich wollen, dann werden wir es auch kriegen. Es ist alles nur eine Frage von Zeit. Alles was wir wollen existiert bereits, es ist schon in unseren Gedanken.

„Zeit ist nur eine Illusion."

Albert Einstein

„Sie können alles haben, tun, oder sein, was sie wollen".

Joe Vitale

Wir müssen uns nur entscheiden was wir wirklich wollen. Nicht rationales, sondern emotionales Denken erzeugt Gefühle. Deswegen müssen wir unsere Gedanken zum Fühlen bringen und unseren Verstand zum Hören. Dann werden wir auch haben was wir wollen. Wir sind die Gestalter unseres Schicksals und wir haben die Schlüssel in unseren Händen. Es liegt nur an uns und an unserer Energie.

„Die Vergangenheit kann uns nicht sagen, was wir tun, wohl aber, was wir lassen müssen."

Jose´Ortega Gasset

„Alles, was wir denken und fühlen, erschafft unsere Zukunft".

Marci Shimoff

Es ist unsere Anziehungskraft, die es uns ermöglicht.

„Das wirkliche Geheimnis der Macht ist das Bewusstsein der Macht."

Charles Hoanel

„Sich dieser Kraft bewusst zu werden, bedeutet, ein Energiebündel zu werden".

Charles Hoanel

Das sind wir zusammen, eine Gruppe von positiven, emotionalen Menschen, die zueinander finden. Das sind die „Feinfühligen", die „Weitsichtigen", das sind meine Freunde, mein Kreis, mein Stern. Das ist meine „Lebensblume".

„Wir sind alle verbunden, wir sehen es bloß nicht. Es gibt kein Dort Draußen und Hier, Drinnen.

Es ist ein einziges Energiefeld, alles im Universum ist verbunden."

John Assaraf

Alle Dinge, die wir uns wünschen, sind auch aus Energie und schwingen ebenfalls.

„Alles besteht aus genau dem gleichen Stoff, ob es ihre Hand ist, das Meer, oder ein Stern".

John Assaraf

Wir sind die ewige Energie, wir sind die ewige Bewegung. Die Energie kann weder erschaffen noch vernichtet werden, sie wechselt nur die Form. Das ist die Ewigkeit, das ist das ewige Leben. Das sind wir.

„Neunundneunzig Prozent Ihres Wesens sind unsichtbar und nicht zu greifen."

Richard Buckminster Juller

„Wenn sie sich unter ein geeignetes Mikroskop legen, werden sie eine Masse von vibrierender Energie sehen".

Bob Proctor

Gedanken und Gefühle sind nur Formen von Energie. Es gibt keine Grenzen, was wir uns nicht wünschen können. Je mehr wir daran denken und darüber sprechen, desto schneller wird das, was wir wollen, auch uns gehören.

„Die meisten Menschen verstehen nicht, dass ein Gedanke eine Frequenz hat. Wir können ihn sogar messen, wenn wir einen Gedanken wieder und wieder denken."

John Assaraf

Wir senden ihn aus und er kehrt zu uns zurück. Unsere Vision wird zu unserem Leben und die erschaffen wir uns selbst. Es gibt keinen Traum, der nicht wahr werden kann. Wir müssen uns nur auf unsere Träume konzentrieren.

„Wir alle besitzen mehr Macht und größere Möglichkeiten, als wir erkennen. Das Visualisieren ist eine unserer größten Kräfte".

Genevieve Behrend

Visualisieren=Materialisieren

Das ist der Vorgang, uns innerlich das vorzustellen, was wir gerne haben wollen.

„Entscheiden Sie was Sie wollen. Glauben Sie, dass Sie es haben können. Glauben Sie, dass Sie es verdienen, und glauben Sie, dass es für Sie möglich ist. Dann schließen Sie jeden Tag für einige Minuten die Augen und visualisieren Sie, das zu haben, was Sie bereits wollen,
konzentrieren Sie dabei auf das Gefühl, es bereits zu besitzen."

Jack Canfield

Wir hätten beinah auch den Jackpot geknackt. Wir haben 13 Jahre lang jeden Monat die gleichen Zahlen gehabt. Als wir sie geändert haben, es kam.

4, 12,21,38,39,46.   **Superzahl: 1**

Es waren 25.000.000 EURO zu gewinnen.

Am 01.09.2018, beim Spiel 77

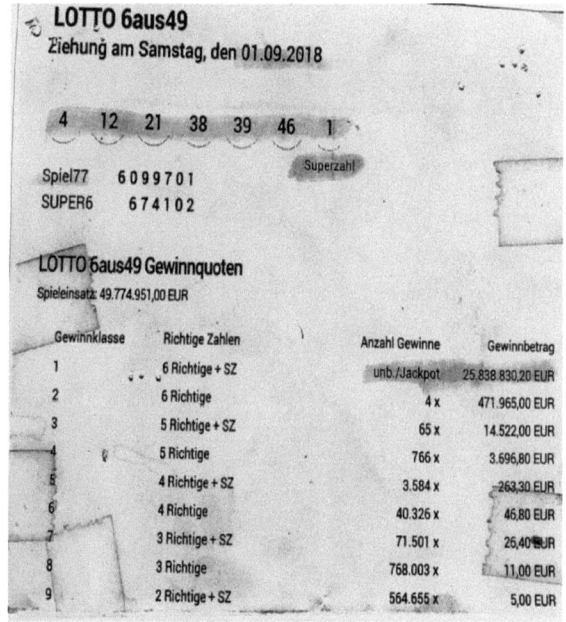

Screenshot: Lottoschein

Ich weiß auch warum es nicht geklappt hat. Weil ich immer gesagt habe, Geld macht nicht glücklich. Das ist nur Mittel zum Zweck. Das Glück kann man nicht kaufen, man muss es fühlen.

Screenshot: Lottoschein

„In der westlichen Welt streben viele Menschen nach Erfolg. Sie wollen ein großes Haus, sie wollen, dass ihre Geschäfte blühen, sie wollen all diese Äußerlichkeiten. Aber unsere Forschungen haben gezeigt, dass deren Besitz nicht unbedingt garantiert, was wir wirklich wollen, nämlich glücklich sein. Und so sind wir auf jene äußeren Dinge aus, und meinen sie würden uns das Glück bringen.

Tatsächlich aber ist es umgekehrt. Sie müssen zuerst nach der inneren Freude aus sein. Dann inneren Frieden anstreben, die innere Vision suchen und dann erscheinen all die anderen kommenden Umstände."

Marci Shimoff

Ich war nicht traurig. Ich war noch nie auf Reichtum konzentriert. Für mich sind andere Werte im Leben wichtig. Außerdem habe ich schon alles. Ich habe meine Familie, ich habe meine Freunde und ich lebe so, wie ich mir das Leben vorstelle. Die Energie hält mich warm und ich bin glücklich in meinem jetzt.

Meine Freunde sagen, „Alisa, wenn du die Bäume in Winter umarmst, werden die auch blühen." Es ist ja nur Spaß, aber ich muss jedes Mal lachen. Letztens hatte ich eine Gurke in der Hand, die oben schon Blätter hatte. So was habe ich noch nie vorher gesehen. Die hat tatsächlich geblüht. Gestern habe ich eine Paprika geschnitten und es war eine andere kleinere Paprika darin. Es ist so unglaublich, so unwahrscheinlich, aber es ist wahr. Es ist so ein tolles Gefühl, als ob ich überall grünes Licht habe und muss nichts dafür tun. Ich kriege immer Parkplätze, treffe nur noch nette Menschen. Ich finde immer was ich brauche, es läuft mir alles über den Weg. Ich kriege es schon bevor ich daran denken kann. Eine Freundin hat mich sogar gebeten meine Hand auf ihren Kopf zu legen, mit der Hoffnung, dass bei ihr auch alles so gut laufen wird.

Ich habe gelacht, allein daran zu glauben ist schon viel Wert. Nichts ist unmöglich, unmöglich sind nur unsere Gedanken. Wir können das Unmögliche möglich machen und das Unwahrscheinliche wahrscheinlich. Wir müssen daran nur fest glauben.

> *„Könnte ich mich selber ganz besiegen,*
> *hätte ich die Not bald überstiegen".*
>
> Bernhard Freidank

Ich habe alles erreicht, was ich erreichen wollte. Ich habe alles geschafft, was ich schaffen wollte. Ich habe meinen Quantensprung erreicht, etwas das alles andere übersteigt, was bisher war.

Ich habe meine Zukunft zur Gegenwart verwandelt.

Ich liebe meine Familie, ich liebe meine Freunde. Ich liebe mein Leben und lebe so, wie ich es liebe. Ich möchte, dass es so bleibt wie es ist und möchte daran nichts ändern. Unsere Kraft ist die Liebe und die Liebe ist unser Ziel.

Das Leben ist schön und der Himmel ist blau.
Kalt ist manchmal besser als nur noch lau.

Ich habe die Antworten gesucht und habe mich gefunden. Ich habe nach Gewissheit gesucht und habe das Wissen gefunden.

„Weisheit kommt nach der Enttäuschung."

George Santayana

„Wir haben eine Neigung, gegen alles zu kämpfen, dass wir nicht wollen, was in Wirklichkeit zu noch mehr Kämpfen führt."

Lisa Nichols

Wir fühlen uns schwach bevor wir stark werden. Wir fühlen uns traurig bevor wir unsere Freude finden.

S chwach

T raurig

A hnungslos

R uiniert

K raftlos

Wir sind so ahnungslos, weil wir nicht wissen, wie stark wir sein können. Wir haben immer Angst Fehler zu machen, aber

> *„Der schlimmste Fehler im Leben ist, ständig zu befürchten, dass man einen macht".*
>
> *Elbert Hubbard*

Es gibt keine Fehler, gibt's nur noch Lösungen und wir finden sie nur, wenn wir aufhören zu kämpfen.

Die Autorin

Alisa Samvelian wurde in Eriwan, Armenien, geboren. Sie hat Betriebswirtschaft studiert und mit Magistertitel abgeschlossen. Seit 1992 lebt und arbeitet sie in Deutschland.

novum VERLAG FÜR NEUAUTOREN

Der Verlag

*„Wer aufhört
besser zu werden,
hat aufgehört
gut zu sein!*

Basierend auf diesem Motto ist es dem novum Verlag ein Anliegen, neue Manuskripte aufzuspüren, zu veröffentlichen und deren Autoren langfristig zu fördern. Mittlerweile gilt der 1997 gegründete und mehrfach prämierte Verlag als Spezialist für Neuautoren in Deutschland, Österreich und der Schweiz.

Für jedes neue Manuskript wird innerhalb weniger Wochen eine kostenfreie, unverbindliche Lektorats-Prüfung erstellt.

Weitere Informationen zum Verlag und
seinen Büchern finden Sie im Internet unter:

w w w . n o v u m v e r l a g . c o m